Ratan Tata

Indiens sanna patriot

Translated to Swedish from the English version of
Ratan Tata

Devajit Bhuyan

Ukiyoto Publishing

ENGAGEMANG

Tillägnad avlidne Ratan Tata och till min älskade hustru avlidne Mitali Bhuyan som var en livlig beundrare av sena Ratan Tata och hans etik, värderingar och integritet.
Författare

Förord

Ratan Tata, den mest kända och respekterade industrimannen, humanisten och nationalisten, lämnade en himmelsk boning vid en ålder av 86 år. Denna bok är en liten hyllning till legenden att sörja hans död i poetisk form. En dikt representerar ett år av livet i världen. Det är omöjligt att skriva om en så lång legendarisk figur på några sidor, men jag hoppas att folk kan älska och följa med mig och uppskatta Ratan Tata och hans bidrag till Indien, världen och mänskligheten.

Devajit Bhuyan

10.10.2024

Innehåll

1.Ratan Tata, den riktiga Bharat Ratna

Han var en generös filantrop med stor vision

Till sista andetag tjänade han människor och nation

Försök alltid att förbättra livskvaliteten med en lösning

Vinstmotiv drev aldrig hans idé till viloläge

Att se ett par väta under regn för en buss att åka

Hans innovativa sinne startade Nano car, vår stolthet

Hundratals cancersjukhus visade hans hjärtas vänlighet

Bara på grund av synen startar sjukhus på landsbygden snabbt

En industriman som tänker bortom vinster och expansion

För varje mänskligt problem kommer han alltid fram till en vänskaplig lösning

Covid19-perioden var en utmaning för mänskligheten och affärsvärlden

Men med mänskliga beröringar utvecklar han hela sitt industriella imperium

Inga uppsägningar, inga uppsägningar även under noll produktionstid

Den verkliga Bharat Ratna i Indien, han kommer alltid att lysa.

2. Bye-bye Ratan Tata

Den kompletta mannen utan make eller barn

Men hans familj var bitter, hela hans lojala anställda

Kunden av tjänster och produkter kan sin etik

Affären för honom var att servera nation och folk

Även om han tjänade miljoner, levde han ett mycket enkelt liv

En av de verkliga juvelerna av företagsamt märke i Indien

Hans fotspår kommer att finnas kvar inte bara i industrin utan i människors hjärtan

En sann hjälte i världen med stort hjärta och kärlek till mänskligheten

Han är nu en legend och symbol för affärsetik och integritet

En gentleman är att det som gentleman gör är Rata Tata

Med tung värme säger den nationen och folket hejdå Ta-Ta.

3.Ratan Tata, Indiens sanna patriot

Namnet räcker, inga citat behövs

Hans rikedom var hans förtroende för Indiens beslutsamhet

Oavsett om du dricker en kopp te eller kaffe eller yoghurtdryck

Hans namn överallt i Indien kan du tänka

När du kör bil eller flyger i himlen till din destination

Ratan Tata har bidrag i alla samhällsskikt

De fattiga patienterna i en avlägsen by kan nu få cancerbehandling

För inte så länge sedan var cancerbehandling för fattiga livsförskjutning

Tata var filantrop med generositet och vänligt hjärta

Människor respekterar och arbetar dedikerat för projekt han startar

På det indiska livets sfär var han mer än en industriell tycoon

Hans ande sprider sig över hela landet som monsun

Alla visar respekt för denna verkliga byggare av nationen

I framtiden under svåra dagar kommer hans ideal att ge oss inspiration.

4. En sann människa, Ratan Tata

Han var inte bara en industriman och affärsman

Med mänskliga värderingar, ärlighet, etik var han en människa

Ärlighet, integritet, etik och värderingar, pelare i Tata Empire

Det är anledningen till att Tata respekteras på båda halvklotet

Att skydda investerarnas pengar kan vara hans mål

Men för utvecklingen av Indien är alltid i hans själ

Under tuffa dagar i Tata-gruppen visade han sig vara bästa kapten

Med innovation och hållbarhet ingjutit han lösningar

Varje familjemedlem i Tata-gruppen gråter nu

Till och med gatuhundarna i hans minne slutade leka

En riktig och sann anhängare av "hund-räv-åsnas själ är Ram"

I Indien och världen kommer miljontals av hans anhängare att minnas honom

Även om han reste till himmelsk boning vid åttiosex år

Men hans prestationer överväger hans livslängd, miljoner ögon som fäller tårar.

5. Ingenting är permanent

Ingenting i livet är permanent

Allt är övergående, tillfälligt

Mitt älskade hem, min älskade skola

Jag lämnade långt tillbaka, bara minnen fanns kvar

Det älskade college lämnade jag en dag gråtande

Alla skolans bästa vänner försvann

Far, mamma, farbror alla försvann

Några generationer av våra älskade hundar och katter dök upp

Även efter att veta allt tillfälligt

Folk tror att jag inte kommer att dö, och kommer att leva för evigt

Deras rikedom och pengar även vid åttioårsåldern vill de inte dela med sig av

För samhället vill de ha allt, men rädda för att ge

Girighet och lust tar aldrig slut på människans attityd och karaktär

Att tjäna pengar i varje steg är människors uppdrag och stadga

Att inse att jag snart kan dö kan göra livet smartare.

6.Nollsaldokonto

Du kanske tror att livet är ett fast inlåningskonto

Eller för dig kan livet vara ett sparkonto

Men verkligheten är att livet är ett byteskonto med nollbalans

I slutet, även om du sparar, kommer någon att njuta av beloppet

Med din död kommer de nominerade att bli rika och välbärgade

Deras beteenden och livsstil kommer att vara helt annorlunda

Räntan på dina surt förvärvade pengar kommer att sluta växa

På död mans konto kan pengar inte flöda

Njut av dina nollbalanspengar innan du blir noll

Om du har tillräckligt med konto, lev ett liv som en hjälte

Spara bara så mycket du behöver för mat och hälsovård

För dig är chanserna att bygga en Taj Mahal i ditt namn sällsynta

Så, medan du lever efter ditt eget liv, var alltid rättvis.

7. När jag dör

När jag dör kan någon gråta

Någon kan bli blyg

För att fälla tårar kan någon försöka

Lämnar kistan, kommer någon att flyga;

Men ingenting är viktigt för mig

Från världsliga ting kommer jag att bli fri

Varken förolämpning eller respekt kan jag se

Mitt eget ego och självkänsla kan inte skada

Bara en annan resa, andra kommer att börja

Om jag är rik utan någon önskan eller vilja

Min rikedom kommer någon att försöka stjäla

För att visa andra kommer de att ge upp måltid

I begravningsbönen kommer de att visa iver

Folk kommer att uppskatta den rituella festen

Någon kommer att kommentera, lammcurry är bäst

Få andra kommer att säga, flodfisk har bättre smak

Men ingenting spelar någon roll för mig efter döden

Att göra ritualer för mig är bara människors tro

Jag vet inte om min mamma födde

Med min avgång, kommer också att försvinna mitt märg.

8. Ålder är endast en siffra

När man är åttio plus blir åldern en siffra

Ingen blir besvärad även om du inte går vidare

Om du dör vid åttio eller nittio är oväsentligt

Efter nittio kommer du inte att vara mer social

Att gå hemifrån kommer att vara svårt och inte praktiskt

Familjen kommer att vara glad om du dör innan du blir sängliggande

Förlamning och demens efter Gud borde förbjudas

Det är bekvämare att dö efter åttiofem helt plötsligt

Alla kommer att berömma dig att du aldrig blir en börda

Efter åttio kommer åldern vara nummer utan bidrag

Oavsett om det är åttio eller nittio eller hundra, jag hittar ingen differentiering

Även om siffran är högre, inget värde för någon efter avgång

Bättre om ditt unga utseende, familj och vänner kommer ihåg.

9.Den stora tjuren

Den stora tjuren dör i allmänhet i slakteriet

I fällan dör den feta och friska musen

Oavsett om Rakesh Jhunjhunwala eller Harshad

För ingen döden eller människor brydde sig

Steve Jobs eller Lady Diana är inget undantag

För att stoppa avgången kan pengar inte ge någon lösning

Inte ens osäkerhetsprincipen kan förutsäga framtiden

När som helst, var som helst, även ditt nya däck kan gå sönder

Bry dig inte för mycket om dina pengar imorgon

Njut idag med familjen, även om du måste låna

Älska idag och uttryck det nu även om du är en stor tjur

Om du behåller även dessa saker till imorgon är du en stor dåre.

10. Avvisande av äktenskap

Det här är cyberåldern

Folk ogillar äktenskap

Att leva tillsammans är bättre

Bara sällskap spelar roll

Barnet är ett ansvar

Går ner manlig fertilitet

Lesbiskt par är inte längre tabu

Gaybefolkningen växer som vild bambu

Denna värld upprätthåller befolkningstillväxten

För utvecklade länder är arbetskraften värd

Fler och fler människor är nöjda med husdjur

Utanför hemmet föredrar människor bara att dejta

AI ger nu bättre robotar som följeslagare

För att rädda gammal samhällsordning finns ingen lösning

En dag kommer civilisationen att kollapsa på sin egen vikt

Tills dess, för att rädda äktenskapet, kommer några ortodoxa att slåss.

11. Nekrolog över äktenskapet

Under ålderdomen var äktenskapet inte för sällskap

Äktenskapet var att föröka människor på ett strukturerat sätt

Långsamt blev äktenskapet centrum för familjelivet

Kärnan i familjen var man och hustru av olika kön

Och därmed fortsatte civilisationen och strävade också

Att förbli utom äktenskapet ansågs vara oheligt

Ogift skulle skjutas åt helvete i enlighet därmed

Endast helgon och vise förblev ogifta

De ansågs vara kloka och samhällets vän

Munkarnas och visenes sexuella liv hölls under mattan

Den gifta kvinnans plikt är att fylla barnkorgen

Mannens uppgift är att se till att ingen livmoder är tom

Flickor tvingades gifta sig direkt efter puberteten

Med utbildning och ekonomisk egenmakt är kvinnor nu djärva

Det är svårt att driva dem till slaveri under äktenskapet och hålla

Äktenskapets framtid är nu osäker för varje århundrade som går

Ändå kan ingen samhällsvetare skriva dagens äktenskaps dödsruna.

12. Fel fråga

Vem ska ringa katten

Var en felaktig fråga

Gamla råttor är vana vid status quo

De saknar innovation och nya idéer

För det mesta en del av problemet

Försöker inte öppna den svarta lådan

Rätt fråga hade varit

Hur man ringer katten, var och när man ska ringa

Många möjligheter skulle de unga råttorna ha berättat

Några av möjligheterna kunde laget ha mögel

Fråga aldrig vem som gör det i laget

Vägen till lösningen kommer att göra långsam

Fråga hellre hur man gör det mot laget

Det kommer att förändra hela spelet

Någon skulle säkert ha blivit kallad katten.

13.Var finns lösningen?

Ett land med kryphål, gropar

Utan moral, etik och ärlighet

Alla vill ha genvägar för framgång

Korruption finns överallt i fulla lådor

Oärlighet och mutor är en del av kärnvärdena

Hyckleri gör blinda fläckar i varje aktivitet

Majoriteten av människor är utan integritet

Ändå gör vi anspråk på att bli världsledande

Att reformera vårt samhälles värdesystem är bättre

Utan värderingar, ärlighet och integritet kan vi inte komma längre

Det moraliska, etiska och sociala värdesystemet behövde vara en civiliserad nation

Att bara ge gratis måltider till fattiga är inte sann civilisation

Reformer behövs i varje struktur i det sociopolitiska livet

Det är bara teknik som inte kan ge lösningar på den digitala klyftan

Ingen ledare har någonsin prövat någon moralisk-etisk revolution

I den kastrotade ortodoxa indiska kulturen, var finns lösningen?

14.Jag är ensam, inte ensam

Jag är ensam, men jag är inte ensam

Så jag går lugnt framåt

Mina grepp om stigen håller jag stadigt

Jag ger mitt steg djärvt;

Folk är framför mig, bakom mig

De är till vänster och höger om mig

Ändå rör jag mig mot starkt solljus

Inte villig att börja med någon någon kamp

Det är därför min resa är väldigt lätt;

Jag ler mot människorna som tittar på mig

Men låt folk gå förbi som inte vill se

När jag är trött sätter jag mig under ett vackert träd

Jag känner med de sjungande fåglarna att jag är född fri;

Att flytta ensam utan att vara ensam är utmärkt

Resan har sin egen kurs och spänning

Någon okänd vän bjuder på en kopp kaffe

Minnet av samvaron finns kvar som en söt kola.

15. Ignorera de negativa människorna

Girighet, ilska, anknytning och sex är mänsklig natur

Utan dessa attribut kan ingen flytta till framtiden

I alla delar av livet kommer svartsjuka, hat att tortera

Ibland kommer dina rörelser att punktera

Att ge efter för alla dessa kommer att besegras överlämnande;

Gå vidare med kärlek, leende, broderskap och generositet

Under all press, ge upp ditt kärnvärde och integritet

Nu för tiden är det svårt att gå framåt med ärlighet

Om det behövs, gå med sanningen som en solider ensam

Titta på solen, moln kan inte blockera den permanent.

16. Ingen kommer att skvallra om din dygd

Ingen kommer att skvallra om din dygd

Ingen kommer att säga, du är rättvis och sann

Ett misstag kommer att åsidosätta tio bra jobb

Alla kommer att försöka dra dig som mobs

Din blygsamhet kommer vissa människor att råna

De flesta människor är ärlighetsblinda

God dygd hos andra människor hittar aldrig

Mot någon i nöd är de aldrig snälla

Det betyder inte att vi ska sluta arbeta

Vi måste gå framåt allting ignorera

Annars blir vi en död man med liv

Förlåt dessa bullermakare om du vill sträva.

17. Oroa dig inte, domedagen kommer

Universum går från ordnat tillstånd till oordnat tillstånd

Så, i den oändliga tiden kollaps och förstörelse är det öde

Entropin ökar oåterkalleligt och även den blinda religionen

Folk kan diskutera och debattera, men det finns ingen lösning

Större katastrofer och förstörelser kommer utan någon utspädning

Om vi inte vet orsakerna till universums existens

Det kommer alltid att finnas massor av hypoteser med olika åsikter

I ett hopplöst universum dömt att kollapsa varför oroa sig

Även om din resa är fel för andra, behöver du inte säga förlåt

Ät levande och bidra till att öka den irreversibla entropin

I världen är ingen människa en annan människas fotokopia.

18. Rymdtid

Samtidigt är vi i dåtid, nutid och framtid

Detta är tidslinjen och tidens karaktär och natur

Det finns inget som heter enkelriktad tidspil

Inom området för tid, nutid, framtid är ingen prime

Du kan när som helst få fängelse för ditt så kallade tidigare brott

Tid ingen början så frågan om slutet uppstår inte

Men efter miljarder år kanske solen inte går upp

De övergående stjärnorna och planeten kommer och går i cykler

Men med dem stannar tiden aldrig eller kollapsar

Rum-tid är två sidor av den oändliga oändligheten

Materia, energi, universum är alla mindre snåla

Gravitation, elektromagnetism, stark och svag kärnkraft är produkter

Själva spelet kan rum-tidsdomänen bara utföra.

19. Varför osäkerhet i mänskligt liv?

Universums manifestation är slumpmässig till sin natur

Liknande är den mänskliga naturens och vår kulturs natur

Saker händer slumpmässigt sedan början av universum

Det är därför allt i kosmos är väldigt varierat

Oändliga möjligheter till slumpmässighet om nästa händelse

Det är därför osäkerheten i universum är relevant

Dualiteten av våg- och partikelnatur är kärnan av slumpmässighet

På grund av osäkerhet är det expanderande universum under stress

Manifestationens inneboende natur gjorde att den levande världen blev flyktig

Därför är också människolivet för osäkert och skört.

20.Förklara sanningen och verkligheten

Galileo, Newton och Einstein uppfann inget nytt

De hade bara observerat naturen minutiöst

Så de kunde inse sanningen och verkligheten perfekt

Jorden kretsar runt sedan tiggeri av solsystemet

Under miljontals år har ingen uppriktigt observerat jordens rörelse

Även vismän genom alla tider fram till Galileo koncentrerar sig ingen på solen

Soldyrkarna tror också att solen alltid är på flykt

Galileo observerade fenomenet soluppgång med hängivenhet

Så han kunde hitta sanningen och verkligheten i naturen med perfektion

Tyngdkraften fanns också i jorden sedan big bang

Frukter som äpplen, mango brukade falla och män åt

Folk har aldrig oroat sig för varför detta naturfenomen händer

Newton koncentrerade sig på det enkla fenomenet äppelfall

Han insåg sanningen efter miljontals år och häpnadsväckande

Relativiteten fanns där sedan universum skapades, inte en ny sak

Även förklarat på olika sätt i hinduisk religiös text

Men Einstein koncentrerade sig på rörelse av himlakroppar

Relativitet kom i matematiskt format som den bästa teorin

När vi forskar och ser på naturen holistiskt med engagemang

Att hitta en enkel sanning kan ge mänskligheten stora problemlösningar.

21. Kriget kommer att pågå tills religiös blindhet är botad

Ingen är villig att diskutera om grundorsaken till våldet i Gujarat

Ingen är villig att diskutera orsaken till att kriget i Gaza startade

Vi hörde talas om färgblindhet, men aldrig hörde vi religiös blindhet

Om inte världsledarna tog bort sina färgade glasögon

Ingen permanent lösning kommer att komma till konflikten mellan Israel och Palestina

Människor över hela världen måste acceptera; Judar är människor med rätt att leva

Hitlers misstag och förintelsen bör inte tillåtas igen

Om de religiösa mörkarna inte behandlar sina ögon och ändrar attityd

Judarnas existenskrig kommer att fortsätta med oförminskad styrka

För de har ingen plats att stå som de religiösa persiennerna.

22. Mörkrets skog

Barnäktenskap med flickor var vanliga på den tiden

Hon var bara sex år när hon gifte sig med en gammal man

Hon blev rädd när en stor köttstång kom in i hennes privata del

Hon grät av smärta men vem ska rädda eller rädda henne

Hela samhället låg i mörker och kvinnor var handelsvaror

De såldes på marknaden för ett pris tillsammans med andra varor

Hennes rop dog i öknens sanddyner utan några ekon

Det har gått tusentals år sedan den där skrämmande dagen

Men fortfarande fortsätter systemet med barnäktenskap

En allt i religionens namn även på 2000-talet

Är vi civiliserade eller blinda i den blinda gudens namn

Ingen vet när män kommer att vara rationella med sunt förnuft

Vi befinner oss fortfarande i mörkrets skog som är för tät.

23. Strutsmentalitet

Gatuhundar och kråkor är bättre än människor med strutsmentalitet

Åtminstone rensar de naturen som en asätare i ekosystemet

Människorna med strutsmentalitet skyller bara på andra men tittar aldrig in

De är de sämsta medborgarna och själviska i natur och kultur

När majoriteten av människor nu blir struts, vad är vår framtid?

För sig själva behöver de alltid lejonen dela utan att fortsätta

Till sin ryggrad är de oärliga och listiga

Men tyvärr växer deras antal och växer

Om du verkligen är orolig för mänskligheten, samhället och ekosystemet

Gör en liten sak som gatuhundar, kråkor eller gamar

Blunda inte som struts och känn att allt är bra.

24. Detta årtusende

Ärlighet är den sämsta politiken

Sanningen segrar sällan utan besegrades

Komplexitet är storheten

Korruption är dagens ordning

Integritet är svårt att hitta

För ingen börjar välgörenhet hemma

Människor hatar syndare inte synd

Mänsklighetens grundläggande struktur destabiliserades

Detta är KALI-millenniet

Kaos och oordning kommer att vara på topp

Detta är också sanningen om fysiken

Entropin måste öka och öka

Tills domedagen kommer

Och ett nytt planetsystem kommer att födas

En ny start kommer att uppstå med ny civilisation.

25.Vulture

Den naturliga asätaren utkämpar en kamp för överlevnad

För biologisk mångfald och ekosystem är gamar avgörande

I sina grupper är de disciplinerade och verkligen sociala

För det persiska samfundet är gamars överlevnad avgörande

Men för att rädda fåglarna finns det ingen praktisk lösning

Bybor gjorde dem många gånger redo utan någon anledning

Men ingen av mördarna sattes någonsin in i fängelset

Påtryckningsgrupperna som arbetar för gamar har ingen lösning

Alla måste förstå vikten av ekologisk balans

Låt oss tillsammans ta utmaningen för att rädda gamar.

26. Mässornas opium

Korruption är nu massornas opium

Det är inte bara begränsat till vissa klasser

Rika, fattiga, svarta, vita, bruna alla gör korruption

För att rycka upp korruption från världen finns det ingen lösning

Att bedriva korruption är varken oetiskt eller emot religion

Till korruption nu för tiden har folk ingen dålig åsikt

Politikerna, gemene man, ledare, alla hänger sig åt oärlighet

Massorna brys inte om kollektiv eller individuell integritet

Men skyll på varandra för den sociala otroheten

Den perfekta blandningen av religion och korruption är dagens ordning

De berusade massorna med korruption och religion är glada och gay.

27.Om du litar på politiker

Om du litar på politiker så lever du i dårarnas paradis

Utan muta kommer byråkrater aldrig att låta dig ansöka om att stiga

I den här världen, för överlevnad och framsteg, var smart och klok

Annars kommer solen aldrig att gå upp i ditt liv

För allt i denna värld måste du betala ett pris;

Äppellack och smickrande är inte effektivt som pengar

För politiker och byråkrater är pengar bäst honung

Ibland kan alkohol hjälpa dig på resan

Men sexuell gunst kan lätt förändra din turnering

Om man fortfarande tror på politiker och byråkrater är det ironi.

28.Om du är dödlig är det bra

Om du tror att du är omoralisk har du rätt

Du är i den 99 procentiga gruppen av människor

Om du tror att du är dödlig har du rätt

Du är i en procentsgruppen homo-sapiens

Du vet att din tid är begränsad och vänta aldrig på morgondagen

Du använder varje ögonblick och inser att tiden är ovärderlig

Tid är det enda fria råmaterialet i världen med omedelbar utgång

Dödliga varelser inser detta och lever inte livet i framtiden, det är inbillat

Endast en procents grupp blomstrar i den här världen när de lever

I sin avresa sörjer och gråter 99%-gruppen

Och 99%-gruppen försöker få en procent till omoral.

29. Övervinna gravitation och friktion

Människolivets nödvändighet är inte mat utan energi

I processen att skaffa energi är mat endast för synergieffekter

Människolivets handlingar är bara för att övervinna naturkrafter

För andra homo-sapiens än mat, inga andra alternativa källor

Så vi är bundna av de restriktioner som naturkurser inför

All människas energi används för att övervinna gravitation och friktion

Vid tiden för förlossningen ger naturen alla sin indikation

Att gå, leka, borsta alla aktiviteter måste motverka naturliga krafter

När man gör det, i människokroppen, är energi den enda kraftkällan

Livet är inget annat än momentum av aktiviteter på samordnade sätt

För att motverka naturliga krafter kommer en del av energin från solens strålar

Pengar, hälsa konverserar äntligen i krav för att motverka naturen

På tidens område kollapsar mekanismen en dag i framtiden.

30.Livet utan friktion

Ett liv utan friktion är omöjligt

Rörelse kommer inte att vara tillåten

Ejakulation av spermier kommer inte att vara möjlig

Även för sexuell aktivitet är friktion önskvärd

Utan friktion kommer fysikens lagar att hamna i problem;

Varken fiskar kan simma, eller fåglar kan flyga

För att övervinna friktion varje ögonblick vi försöker

Hur det kommer att finnas eld i världen utan friktion

Noll friktion i vårt liv är ingen praktisk lösning

När det finns friktion i familjen, ta inte spänningar

Försök endast för friktionsminskning och utspädning

Friktion kan vara torr, flytande, hud eller inre friktion

Smörj alltid ordentligt för att minska friktionen

Även om du inte använder smörjmedel, visa din avsikt

Att göra äppelpolering under kontorsfriktion, visa aldrig tvekan

Friktion kommer avsevärt att minska till din belåtenhet.

31. Dubbelkantslidande

Den smarta staden Guwahati rullar under damm

Cykel- och fordonsägare håller på att röja rost

Annars är hjulstopp ett måste

Även under damm går fordon fort

Det inandade dammet är bakteriefritt som vi inte litar på;

När det regnar blir det översvämning och vattenavverkning

Efter solsken är dammpartiklarna störande

I den smarta staden överlever invånarna på något sätt

Människor är nu lika rädda för regn och solsken

Förorenad miljö uppslukade nu Guwahati totalt.

32.Dosa mot Samosa

Dosa och Samosa mest populära snacks för indiska

När det gäller rörlighet är Samosa en bättre komiker

Skalet på Dosa är ris medan det för Samosa är vete

Båda är i första hand vegetariska, ingen använder något kött

Kött av Samosa och Dosa är samma sak, vår älskade potatis

Vid beredningen av sambar behövde endast Dosa tomat

Dosa kan tas som frukost, lunch och middag

Men till lunch och middag är Samosa inte särskilt populärt

På marknaden finns Samosa även i ett litet testånd

Tillgängligheten av Dosa är mer synlig i restauranger och gallerior

Om jag måste rösta någon av dem som populäraste maten

Jag är förvirrad vilket recept som är bättre, men vilket jag ska äta, beror på humör.

33.Trollslända

Dragonfly är en stackars kusin till fjäril

I flygning är trollsländor inte heller blyga

För att tävla med fjäril, försök alltid

Som fjäril, fast inte särskilt färgstark

Med fyra vingar är trollsländor underbara

De lockar alltid folk och förblir glada

Barn gillar att jaga trollsländor och fånga dem

För små barn fjäril och trollslända samma

Att jaga och fånga dem är det riktiga spelet

Antalet trollsländor har minskat drastiskt

Även på landsbygden är de inte synliga ofta

Sagornas vingar i sagor liknar trollslända

För att bevara denna vackra flygblad måste vi försöka uppriktigt.

34.Mobbvåld

Mobb är en grupp människor utan hjärna

Förstörelse är målet för mob main

För förstörelse och dödande behöver du inte träna

Ingen rationalitet och logik fungerar inför en mobb

Även sina vänner och släktingar kommer de att råna

Religion är den främsta tändaren av pöbelvåld

Arbetslöshet och fattigdom ger pöbelns uthållighet

De rationella och bildade ger inget motstånd

Fast för våld och förstörelse, inget synligt ämne

Lag och ordning och polis blir alla inaktiva

Militären tvingas också förbli passiv

Den enda lösningen på pöbelvåld är att bekämpa dem med våld

Mobbvåldet måste äntligen stoppas vid källan

I början är allmänhetens känslor mycket hög

Fordon är alltid det första målet för förstörelse

Plundring av butiker och marknader brukade vara nästa introduktion

Bränning av offentlig och privat egendom är mobbarnas intuition

Slutligen står lidandet inför hela nationen.

35.Bangladesh brinner

Bangladesh brinner för sina egna konflikter

Dödande av egna medborgare, speglar medeltiden

Bangladesh brinner för att människor är intoleranta

När det gäller att uppmuntra till våld är deras religions roll också relevant

De dödar sina grannar i den allsmäktiges namn

Även efter att ha haft så kallad bengalisk kultur och arv

Från grymheten i mord är budskapet klart

Inga andra övertygelser eller tänkande kommer att tillåtas

Mullans religiösa diktat måste följas

Förstörelsen av nationell egendom kommer att vara kontraproduktivt

Redan fattiga Bangladesh kommer att gå mot mer negativt

Bangladesh är redan under fattigdom och befolkningsboom

Det nuvarande våldet och volatiliteten drev Bangladesh till undergång.

36. Hundra gram spelar roll

Ibland är hundra gram viktigare

Det kan vara tyngre än hundra kilo i butik

Du kan förlora guldmedaljen och rampljuset

Du kanske inte får gå in i ringen för att slåss

Så försök alltid att hålla din kroppsvikt rätt

Det är väldigt lätt att gå upp i vikt utan att man märker det

Men svår att minska även efter veckors promenader

Kroppsvikt är viktigt för en hälsosam livsstil

Fetma kan förstöra ditt liv, att du vill leva freestyle

Ät så mycket du kan för ett hälsosamt liv är gammaldags.

37. Oroa dig inte, även om du inte kan vinna guldet

I spelet kan du vara den bästa seedade spelaren

För din framgång kan miljoner be om bön

Men OS är en tävling av många lager

Du vet inte varifrån den mörka hästen kom

Och äventyrade dig dina år av ansträngningar och spel

Utan att ta någon medalj blir man halt

Din prestation kanske inte är densamma under hela året

Även under månaden, veckan eller mellan dygnet

Vem som kommer att vinna guldet kan inte ens astrologen säga

Även om du är med i tävlingen så är det den gyllene strålen.

38.Du behöver tegelstenar

För att bygga ett slott behöver du tegelstenar

För att göra en tegelsten behöver du lite jord

För att samla lite jord måste du spendera tid

Tiden är din ultimata gratis resurs

Varje sekund, timme, dag och månad är viktiga

Hur du använder dina resurser är relevant

Även om du tror, kan du köpa tegelstenar från marknaden

Utan pengar kommer ingen att fylla din korg

Pengar kommer aldrig utan kostnad, du måste använda tiden

Så hur du använder din tid är alltid bra

Rom byggdes inte på en dag, inte heller huset du bor i

För konstruktion, mycket tid, brukade din far ge

Om du inte kan bygga ett slott förrän du går i graven

Det var ditt fel att när du hade tid, gjorde du inte tegelstenar.

39. Vad är frihet

Innebörden av frihet är för svår att förstå

Säkerhet för liv och egendom enbart är inte frihet i egentlig mening

Det räcker inte med yttrandefrihet och rösträtt

Även i oberoende länder är livet tufft för majoriteten

Social oro gör livet för gemene man mycket tufft

Kampen för mat, kläder och tak över huvudet tar aldrig slut

Att få utbildning och hälsovård är inte lätt ens i fria länder

Även om människor framgångsrikt skyddar sina gränser

Rättvisa och rättsstatsprincipen i de flesta fria länder finns i böcker

Alltid omstörtande görs av de mäktiga skurkarna

Vad som är frihet är en individuell fråga om känsla

Frihet är vår födelserätt och för att få den kämpar alla.

40.Jai Hind

En gammal slogan men ändå väldigt fräsch och relevant

Politisk frihet den förde till subkontinenten

Dessa två ord förenar fortfarande folket i detta land

Oavsett deras politiska ideologi och resa

Jai Hind är målet, vi måste vinna turneringen

Men vi har ännu inte gått en lång sträcka på alla områden

Drömmen om riktig seger är fortfarande ouppfylld

Åttio miljoner människor letar fortfarande efter statlig ranson

För total fattigdomsutrotning har Indien ingen lösning

Landet ökar bara sin mänskliga befolkning

Hundrafyrtio miljoner människor kan inte vinna en guldmedalj

Men varje dag kan skapa tusentals skandaler

Livskvaliteten i städer och byar är patetisk i världsstandard

Tusentals människor lever på gatan som frisörer

Patetiskt är tillståndet för fattiga och marginaliserade bönder

Skillnaden mellan fattiga och rika ökar dag för dag

Arbetslösheten skjuter i höjden och hopplös är framtiden kan vi säga

Jai Hind, Bande-Matorom låt oss säga, idag är det självständighetsdag.

41. Ytterligare en flicka våldtogs

Hon våldtogs och mördades brutalt

Politiken började häftigt på den döda kroppen

Ingen bryr sig om varför våldtäkterna fortfarande fortsätter

Alla politiker svarar som en räv slug

Vissa försöker rädda våldtäktsmannen av politiska skäl

Andra försöker spränga händelsen utan lösning

Civilsamhället är i viloläge som Kumbha Karna

Endast medläkare protesterar för den döda flickan

Ingen vet om de skyldiga kommer att ställas inför rätta

Människor och media kommer snart att glömma händelsen

En annan flicka kommer att våldtas under fullmånens sken

Saker som våldtäkter kommer att fortsätta som vanligt i det här landet

Om inte alla medborgare går samman för att bryta politiska gränser.

42. Roliga avslöjanden

Gud uppenbarade för många saker bara för en enda person, inte i ett möte

Men avslöjade inte att han stod på flytande guld

Upptäckten av petroleum ingen av hans anhängare utvecklas

Gud var upptagen med att tala om hur många fruar man skulle ha

Från den leriga dammen, varje morgon, mänskligheten Gud rädda

Gud är så grym att han beordrade dödande av alla icke-troende

Men de icke-troende hittade bara den flytande guldskatten

Gud avslöjade inte om Nord- och Sydamerika

Dålig kunskap Gud bevisade eftersom han inte nämnde Antarktis

I uppenbarelserna nämns inget om arternas utveckling

Efter en lång tid, om naturligt urval, bestämmer Darwin sig

En medeltida Gud uppenbarade endast uppenbarad kunskap om den tiden

Guds avsikter med uppenbarelser var inte vetenskapliga, men det lyser

Gud kanske vet att människor är de intelligenta dåraktiga varelserna

Ingen idé att avslöja för tiger eller örn, med tom mage, de kommer inte att be

Överallt i världen är mönstren för uppenbarelserna desamma

Under gamla dagar spelade bara Gud uppenbarelsespelet

För att avslöja nya saker, nu för tiden är Gud motvillig, eller så blev han halt.

43. Fyra kvadranter av sann lycka för en vanlig människa

När du är frisk, rik och klok är du framgångsrik

Hälsa, rikedom, visdom och framgång gör livet vackert

Lycka blir ett sätt att leva, inte som sinusvåg

Total lycka med framgång gör människan generös och modig

Du inser vikten av välgörenhet och att göra gott mot mänskligheten

Syftet och meningen med livet blir lätt att hitta

Hälsa, rikedom, visdom och framgång är de fyra kvadranter av sann lycka

Det är sant, att avstå från det materialistiska livet kan också ge mental njutning

Men lycka genom försakelse är en helt annan skatt

Endast vismän och människor som Gautam kan bli verkligt lyckliga genom denna väg

Att uppnå total lycka av en vanlig man genom denna väg, jag tvivlar

De så kallade dagens gurus gör bedrägerier i andlighetens namn

Majoriteten av dessa är själviska smarta människor med tveksam integritet.

44. Du ogillar att åldras

Oavsett om du gillar det eller ogillar det

Oavsett om du märkte det eller inte

Oavsett om du vill dö eller inte

Varje ögonblick grånar du

Varje dag blir man gammal

Din goda morgon minskar

Mot döden springer du

Folk säger att ålder bara är en siffra

Till döden en dag kapitulerar de också

Gör varje god morgon till en god natt

Du åldras, morgondagen kommer att vara rätt

Man kan bara göra idag ljus

Med åldrandeprocessen slåss inte

I morgon kanske du inte ser ljus.

45. Alla kommer att betala priset

Varken jag är en ros, eller jag är en tagg

Varken jag är en fjäril, eller jag är ett bi

Varken jag är en sköldpadda, eller jag är en häst

Varken jag är en örn eller en krokodil

Jag är en tvåbent unik varelse

Varken kan flyga eller simma

Kan inte springa fast life fyrfota djur

Men jag kan tänka, förnya och göra saker bättre

På mina handlingar hänger alla levande varelsers framtid

Ändå är jag slarvig på grund av min girighet

Jag förstör träd och djurs livsmiljö utan behov

En dag kommer mina hänsynslösa aktiviteter att ge domedagen

Ingen kommer att ha några innovativa lösningar att säga

För mitt misstag, priser, kommer alla levande att betala.

46. De kommer inte att få frihet utan kamp

De är avstängda från frihet i religionens namn

De tvingas till strikta klädkoder i traditionens namn

De protesterar aldrig eftersom deras hjärnor tvättas i barndomen

Deras attityder är anslutna till medelålders krav

Dödad brutalt av manschauvinister som ber om frihet och frihet

Även deras egna kvinnoflockar visar aldrig solidaritet med dem

Eftersom majoritetsvisionen förblindades långt tillbaka

Att föda barn och trösta människan är deras enda uppgift i världen

Reformer kommer alltid att begränsas av relikernas muskelkraft

Det passar kungar, härskare, religiösa mäklare att leva ett lyxigt liv

De är nöjda med sina harem i öknar och få med fyra fruar.

47.Falsk propaganda av en sekt

Ingen av miljardens medlemskult fördömde Laden, Hafiz

Ingen fördömde massakrerna på oskyldiga israeler

Ändå hävdar vissa att sekten arbetar för världsfred

För att utplåna all annan tro befinner de sig i ett kontinuerligt lopp

Vad profeten berättade kan aldrig ändras ens ett tunt hårstrå

Som profeten sa, dödande av oskyldiga israeler är rättvist och rättvist

Men de glömmer Newtons tredje lag om lika och motsatt reaktion

Sektledarna är ansvariga för vad som händer i Gaza

För självförsvar förstör nu judarna tunnlar

Och sektmedlemmar från hela världen säger, judar är grymma

Du fördömde aldrig något våld från sekten, snarare hyllades

När motvåldet drabbade dig, för falsk propaganda förenade du dig.

48. Lärare har ingen religion

Pengar har ingen kast, tro, färg och religion

Lärare ska ha samma befattning i skolan

Lärarbröderskapet bör ligga över den sociala gränsen

Speciellt lärare i ett icke-religiöst modernt land

Religion bör inte vara centrum i utbildningen

Vetenskap, teknik, etik, värderingar borde få högre position

Religioner kan lätt splittra människor bara för blind tro

Lärare kan förena alla som går över ovetenskapliga myter

Internet, dator, smart telefon, AI är över religiös barriär

För all teknik är lärare den universella bäraren

Europa och Amerika är ett avancerat land, inte för religiös undervisning

Men med vetenskap och teknik integreras människor

Kulturen av vetenskapligt tänkesätt, bara lärarna sprider.

49. Försämring av läraryrket

Lärare är en del av det sociala ekosystemet

Så, moral och etik har de också övergett

Lärare är nu som vilket yrke som helst

Detta har lett till att värdesystemen försämras

Kärnkoncepten för läraryrket i utspädning

För att etablera undervisningens gamla glans finns det ingen lösning

Läraren med icke-impeachable karaktär finns inte längre

För att rädda värdesystem är det få lärares ansträngningar som nu inte fortsätter

Lärare är inte längre en förebild för nya generationer

De sätter mjukvara, internet, AI på samma språk

Försäljning av examina och certifikat är vanligt i landet

Träningsinstitutioner behandlar studenter som äggläggande fjäderfä

Lärare kan enkelt mutas till skillnad från den AI-styrda maskinen

Majoriteten av lärarna är inte intresserade av att förbättra det egna lärandet

Övergripande försämring drev nu läraryrket bakåt

Lärare måste arbeta för att återupprätta gamla härliga belöningar för lärare.

50. Välgörenhet börjar hemma även för lärare

Lärare är varken präster eller handlare

De är inte heller coachande leverantörer

Lärarnas moraliska normer går ner

Majoriteten av lärarna respekteras inte i staden

Själva sålde de sin härliga krona

Lärare är också människor som behöver pengar

Men för att tjäna pengar bör de inte förlora turneringen

Det är deras eget ansvar att samla honung

Om det är svårt att röra sig ska du inte ta resan

Etik, moral, ärlighet är viktigt i undervisningen njure

Ingen kan återupprätta lärarnas gamla glans, det måste de göra

Tillsammans med dem kommer också miljoner av deras elever att gå

Lärare måste ta ledarskap för att förmedla moraliskt och etiskt värde

Sakta och stadigt kommer hela samhället att märka och följa efter

Välgörenhet måste börja hemma, innan andra sväljer.

51. Gandhi sa till Isvara Allah är densamma

Gud är Allah, Allah är Bhagawan och Krishnan

Isvara, Allah, Ram är samma Guds namn

För olika namn, profeter vi borde skylla på

Vi vet inte det verkliga namnet på den allsmäktige

Att verifiera hans namn i hans födelsebevis är relevant

Inte ens hans biometri är tillgänglig i stenfossil

Som mörk energi, från tiggeri var han osynlig

Den kroppsliga Guden är det mänskliga sinnets fantasi

Till skillnad från fossiler av dinosaurier hittar vi inget kroppsligt Guds fossil

Han kanske gömmer sig eller flyr, resultatet är detsamma

Bedrägerierna när de grips av polisen spelar samma spel

Men prästen av alla religioner hittills misslyckats med att spåra honom

Det är därför i hans namn brott, våld, hatregim.

52. Minoritetsgruppen

De håller sig till den heliga boken och hävdar att all kunskap från tidigare, nutid och framtid finns där

Den andra gruppen förkastade konceptet och accepterade förändringslagen som rättvis

Minoritetsgruppen åtalades som icke-troende och för sin otrohet

De flesta av de icke troende kastades ut ur öknen och sitt hemland

Men sanningen har de trott i flera hundra år försvarar de

De troende använde svärden för att förändra attityder och tankesätt över hela världen

Många förstörelser och folkmord i olika länder och tro ägde rum

Konceptet med en bok innehåller all kunskap om universum som säljs med kraft

Historien om elände och lidanden för den lilla gruppen som tror på förändringar förblir oberättad

Med vetenskap och teknik har den lilla gruppen nu befogenhet att stå emot de ortodoxa

Överraskande nog är världssamfundet distanserat av rädsla för att självmordsbomba intoleranta spelare.

53. Teknik för en bättre morgondag

Tekniken misslyckades med att utrota fattigdom och hunger

Att tillverka tusentals kärnvapen är en blunder

Ny teknik uppfinns för att döda oskyldiga människor

Att döda en obeväpnad man genom teknik är enkelt

På grund av övervikt av teknik kan civilisationen förlamas

Men utan teknik skulle vi ha befunnit oss i mörkeråldern

Varje ny uppfinning i världen öppnar alltid en ny sida

Hur vi använder teknik är upp till människors val

När de använder kommunikationsteknik för att döda måste nationer hålla tillbaka

Teknik med eld, hjul, dator alltid för bättre morgondag

Missbruket av teknik för oetisk användning ger sorg.

54.Bättre att inte leva i den svarta lådan

Bättre att inte fastna i standardreligionens svarta låda

Hinduism, kristendom, islam, buddhism ger samma åsikt

Alla utvecklades med samma gudshypotes och beteende

Dagens kaotiska sociala världsordning är deras produkt

Istället för att arbeta tillsammans för mänskligheten och levande rike

Religioner grälade sinsemellan för att utöka sitt länskap

Med sann ande och broderskap för mänskligheten arbetade de sällan

Låt nya generationer tänka utanför den svarta lådan för nya vägar

Integration av religion genom öppet tänkesätt vara ny matematik

Inuti de bakre lådorna kommer trogna att hålla fast vid sin religion som bäst

Ett modernt nytt koncept med teknik kommer inte att få chanser att testa.

55. Där sinnet är fullt av rädslor

I alla delar av livet är mitt sinne fullt av rädsla

I denna värld av religiösa människor är ingen kär

Jag är rädd för att gå ensam, även på dagarna

När som helst, var som helst, kan jag bli bestulen på vägen

Någon kommer att prova min mobiltelefon, någon min guldkedja

Jag är osäker även om jag är under ett paraply under regn

För att inte tala om en resa i sovklass med tåg

När jag går ensam i skogen är jag mer rädd för människan

En homo sapiens kan dyka upp plötsligt, jag har räddat mig själv om jag kan

På natten kan jag inte tänka mig att gå ensam vid midnatt

Såvida jag inte har ett vapen för att rädda mig själv och slåss

Även i staden New York, på natten, är kanske rätt

Det rättvisa könet kan misshandlas eller trakasseras av någon främling

Att resa på natten även i cyklar, för dem kan det finnas fara

Majoriteten av människor i världen lever inom den religiösa gränsen

Men i verkligheten, och beteende även de så kallade prästerna i kläm

Även i tredje världens religiösa länder är mat inte säker

Äktenskapsförbrytelse och att lura människor, alla butiksinnehavare skaver

Mina pengar är inte säkra ens på banken, hur kan jag bära kontanter

Kreditkortsbedrägeriet som begåtts mot mig, i mina sinnen fortfarande färskt

Mitt sinne är också med rädsla i mängden av Kumbh mela

Bättre jag föredär att inte resa till tempel och tänka fritt solo.

56. Brinner Guwahati

(Inspelad högst i september den 23/09/2024)

Brinner Guwahati under våren september

Daggen faller på gräs kommer vi fortfarande ihåg

Efter lidanden av översvämning och dammstorm

Nu vid fyrtio grader är vattnet i Guwahati för varmt

De vita jasminerna är nu frånvarande i staden

För invånarna i staden visar naturen medlidande

Redan Guwahati är en förorenad stad och inte levande

Mer mänsklig befolkning i staden är nu inte möjligt

Extrem värme kan ge temperaturfluktuationer

För klump under vintermånaderna skapar många konstiga situationer

Från och med nu brinner Guwahati under extrem värmebölja

Vår älskade Guwahati från 1900-talet hur man sparar?

57. Värmeböljan

Naturen visar nu sin päls

Människor måste be om ursäkt och säga förlåt

Temperaturen ökar varje år

Men för förstörelse är människor inte rädda

För homo sapiens är betongdjungeln kär

Bostäder behövs för varje medborgare

Avverkning av träd får aldrig motstånd

Ekologisk balans människan har illa förstört

För andra levande är moder natur nu irriterad

Snabba översvämningar i öknar som en gång var otroligt

För naturen är det möjligt att skjuta bilar som pappersbåtar

Människan kan förstöra naturen genom att skära kullar, göra dammar för komfort

För att balansera de destruktiva krafterna, sin egen kurs, naturresort.

58. Låt oss be för att stoppa den globala uppvärmningen

Vi brukade be Gud under barndomen om regn

Guds hypotes lärde oss att Guds önskan är den viktigaste

skrika på varje hushåll, gud hypotes tåg

Om regnet kommer, går äran till den allsmäktige

Men om inget regn kommer glömmer folk det tyst

Enligt Guds hypotes är han ansvarig för den globala uppvärmningen

Han riktade miljö och ekologi för snabba förändringar

Snarare än att skylla på utvecklingen, eftersom det också är Guds önskemål

För att stoppa den globala uppvärmningen bör vi under solen be honom om hans nick

Han kan bara sin planering om homo sapiens och världen

Enligt hans önskemål och planering kommer saker att utvecklas i världen

Vägen för att tillfredsställa honom, till någon profet som han kanske har berättat.

59.Skapa ny åsikt

Vi är trygga i våra hem, inte på grund av ålderdomlig religion

Vi är inte heller säkra på grund av religiösa värderingar och etik

Vi är inte heller säkra på grund av den allsmäktige allsmäktige

Vi är säkra på grund av de lagar som skapats av republiker

Vår egendom skyddas inte av fruktan för Gud eller hans straff

Snarare är våra liv och egendom skyddade av rädsla för polisen

Ta bort polis och militär i några dagar och se resultatet

Överallt kommer det att finnas rån, mord och oregerlig mobb

När som helst kommer även de mest religiösa människorna att bli rånade

Rädslan för Gud och religiösa värderingar har ingen plats nuförtiden

Av rädsla för människor kan Gud gömma sig någonstans

Tillsammans med gudshypotesen har kommunismen också misslyckats

Demokratin i de flesta religiösa länder spårade ur

Enda lösningen är ny hypotes med out of box vision

För detta bland nya generationer måste vi skapa opinion.

60. Analys av rotorsak

Folk ogillar orsaksanalys

För det tar alltid fram sanningen

Sanningen är i de flesta fall hård och bitter

Det spårar ur äppelvagn av mask iklädda herrar

Många Brutus kom ut till allmänhetens kännedom

Det finns nyans och gråt för att söka verkligheten

Men varje gång, överallt, förblir sanningen ensam

Varje del av samhället vill begrava sanningen av sin egen anledning

Slutligen skjuts sanningen bakom slöjan som förräderi

Sanning som avslöjas omedelbart har ett inneboende värde för rättvisa

Efter år har det värde för diskussion, ingen anledning att märka.

61.Ingen kan tysta sanningen

Du kan inte tysta sanningen genom att blockera i digitala medier

Du kan inte gräva ner solen i en pöl med lerigt vatten

Världen har bevittnat många förintelser

Det här är tiden då vi talar rättvist och låter sanningen bryta ut

Under tjugoförsta århundradet känner majoriteten av människor till sanningen

Men deras samvete var missriktat och på fel fot

Om inte de intelligenta människorna träder fram

För mänskligheten kommer förstörelse att vara belöningen

Jag kommer alltid att säga till en spade en spade och tjuven en tjuv

Även om det bland falska samhällen skapar bus

Ta bort dina färgade glasögon från medeltiden

Försök att skriva en ny sida i den moderna världens historia

När du är utanför den svarta lådan och långt i horisonten

Du kommer inte att blockera sanningstalande nätanvändare.

62.Dela dina bidrag

Människans DNA utvecklades som pund klokt öre dåraktigt

Det är därför människor ibland är låga och ibland hausse

Krigsmentaliteten är inbäddad i DNA-koden för att fortsätta

I åldrarna och civilisationen förändras bara krigsplatsen

Utan krig kan civilisationen inte utvecklas på grund av mänskligt tänkesätt

Människans förmåga till krigföring och teknologi måste testas

Från båge och pilar till svärd gick framstegen långsamt

Med uppfinningen av pistol och kula i krigsfältet kom glöd

Kärnvapen visade sin styrka i andra världskriget

Ingen vet om tredje världskriget och det är hur långt det är

Krigets lilla trailer kommer alltid att fortsätta här och där

Men för fred och broderskap, försök att dela ditt bidrag.

63.Oktober Brutalitet

Vissa människor koncentrerade sig på en bok för kunskap

Förändring av teknik och evolution andra erkänner

Resultatet är nu helt annorlunda än medeltiden

Tack Allah, han lade solen under lera och för dem inga strålar

Med lånad teknik fortsätter de fortfarande aggressiviteten

Att förstöra sin ryggrad med modern teknik är lösningen

Under påtryckningar från andra ska det inte ske utspädning

Världen behöver terroristernas totala eliminering

Opåverkade länder kommer att säga för fred och lugn

Men de flesta länderna var mamma under oktoberbrutaliteten.

64. Det hände bra för mänskligheten

Från världen tog Isreal bort något dåligt element

Men för att berömma deras tapperhet är vissa länder tysta

På grund av modiga judar kan världen nu sova gott

De israeliska hjältarnas utmärkta jobb får tiden utvisa

De återstående terroristerna borde även Isreal döda

Den israeliska armén borde fortsätta sin krigsövning

Indien borde hjälpa dem med material och skicklighet

Ortodoxa människors deformerade DNA förändras aldrig

Så genom kirurgisk strejk och krig måste mänskligheten klara sig.

65. Tack, Gud,

Tack, Gud, Allah eller vilket namn folk än kallar,

Den här gången i länder i Mellanöstern är dina reaktioner små

För sextonhundra år sedan försökte du aldrig skydda judarna

Även under andra världskriget hörde du aldrig deras rop och nyanser

Nu i hela världen är deras antal mycket litet

Men för att överleva har de tagit sin egen väg och inte missa samtalet

De kommer inte att upprepa det urgamla misstaget en gång till

Om de gör det kommer de inte att kunna behålla sin identitet

Tack, Gud, för att du inte tar parti för intoleranta människor

Judar har insett att kränkning är bästa försvar din regel enkel.

66. Är Libanon ett suveränt land?

Är Libanon ett suveränt land eller marionett av militanta

Från Libanon mot militanta fanns inget motstånd

Israel tvingas till kriget av militanterna utan någon anledning

Libanon bör vidta proaktiva åtgärder för en permanent lösning

Libanon borde stöta tillbaka militanta med ett avtal med Israel

Då kommer bara möjligheter till en permanent fred att finnas där

Enda lösningen är total nedrustning av militanta i Gaza och Libanon

Arabländerna bör omedelbart stoppa dem all ammunition

Amerika gör rätt i att stödja Israel helhjärtat

Låt USAs nya president komma och lösa problemet personligen.

67. Helt plötsligt

Människor som en gång dog betyder borta för alltid

Ingen hade någonsin kommit tillbaka från himlen eller helvetet

Varken Rama, Buddha, Jesus eller Muhammed ·

Döden betyder slut oavsett hur mäktig du är

Även om man spenderar miljarder kan ingen komma tillbaka med samma kropp

Återfödelsen, själarna och inkarnationen är alla myter och övertygelser

Kopplad till våra hjärnor av miljöfaktorer och utbildning

Alla dör med hopp om himmel och återfödelse

Även efter att ha känt till det tidigare rekordet med miljarder dödsfall

I den illusoriska himlen och pånyttfödelsen slösar många bort det här livet

Lev inte i en fantasivärld av pånyttfödelse och himmel

Den enda sanningen om döden är att den kommer helt plötsligt.

68.Jag är universums centrum för mig

Jag är protonen, neutronen och elektronen som upptäckts av forskare

Jag är grundämnena kol, syre, väte och kväve

Jag är byggd av alla dessa saker som finns i universum

Jag är saken; Jag är energin och dualiteten i naturen

Men jag är inte bara ett knippe av fundamentala partiklar

Jag har mitt eget sinne och unika medvetande

Så jag är de grundläggande partiklarna, men jag är annorlunda

I det oändliga universum, för mig, är jag mitten

Jag är observatören för mig och utan mig existerar ingen universum

Ändå styrde jag av naturlagar och osäkerhetsprincipen

Min vågfunktion eller materiella kropp kan när som helst kollapsa.

69.Fred genom automatisering

För världsfred genom automatisering kämpar en man

Bättre automationsteknik erbjuder ingen

Han kom med regn i arabiska öknar och det torra landet

Många växter och örter i öknarna nu på sand

Med Israels och Netanyahus armé måste alla stå

Naturen hade gjort automatisering i miljontals år genom evolutionen

För automatisering av mänskliga hjärnor kommer naturen att ge lösningen

Utan fred blir processerna långsamma

Om krigen tar slut kommer civilisationen att glöda

Annars kommer automatisering, tredje världskriget att gå

Även med bästa automatisering kommer förstörelsen inte att gå långsamt.

70. Tidsdomänen

Det förflutna, nuet och framtiden manifesteras samtidigt i kvantvärlden

Alla tre händelsehorisonten utvecklas kontinuerligt med diskontinuitet

Hur överraskande det kommer att vara att se vår egen födelse, och smärtan som mamma led

Roligt kommer att vara att veta vilka som är i vår begravningsmarsch innan vår död inträffade

Till och med människor kanske inte kan ändra det som händer i tidsdomänen

Annars kommer livets existens vara omöjligt att upprätthålla

Livet för människor kommer att vara livet i ett för oss okänt underland

Men eftersom vi kommer att dö innan dess kommer vi säkert att sakna den vackra bussen

Andra levande varelser kommer att vara bara marionetter och slavar för att överleva mänskliga behov

Annars också för närvarande, gör djur liknande handlingar

Gud kommer att hållas i bur med katten i samma låda för att veta sin position

För Gud, istället för att möta förnedring, är förstörelse av världen en bättre lösning.

71. En författare kan inte skapa fred ensam

De sataniska verserna kan inte skapa fred i världen, författaren tappade ena ögat

Pennan var aldrig mäktigare än svärden i arabiska öknar

De icke-troende dödades slumpmässigt för att skapa rädsla psykos

Och imperiet expanderade genom svärdens kraft

Men till sist misslyckades imperiet att motstå nytänkande

Tekniken gick snabbt och förintelsen inträffade

Ändå förenades sanningens förebud igen för att bekämpa rackarna

En liten grupp människor, som en gång kastades ut, bekämpade de radikala

Varje gång omintetgjordes fredsansträngningarna

Och den lilla nationen har inget annat alternativ än att ta tjuren vid horn

De sörjde också tillsammans över deras folks slakt

Nu måste huliganerna få en läxa att minnas

I världen kommer fredens ledare alltid att bli ihågkommen.

72. Civilisationen reser sig och faller

Civilisationen reser sig, civilisationen faller

När tiden kommer ger den sitt rop

Civilisationen kan vara stor eller liten

Tekniken kan vara sofistikerad och hög

Ändå kan den spricka som en rysk boll;

Världen är nu full av kärnvapenmissiler

Under marken massor av döda fossiler

Den nuvarande civilisationen kan försvinna inom en dag

Ingen kommer att kunna säga sitt

Ny civilisation kommer att uppstå med ny stråle;

Miljontals år senare kommer en ny hypotes

Men för alltid är denna blomstrande civilisation borta

Nya arter kommer att dyka upp med olika cykler och vända

De kommer att ha egna Darwin, Newton och Einstein

Civilisationen kommer och går alltid i en kedja.

73. Bogey uppmanar mänskligheten

Världen blundade först när förintelsen började

Miljontals oskyldiga judar och barn slaktades

Äntligen fick de sitt hemland efter en lång kamp

Ändå blandar sig människorna som körde ut dem än idag

Bombade judarnas hemland utan någon provokation

Att döda oskyldiga människor tycker de fientliga araberna är lösningen

Om och om igen kidnappade kvinnor och unga flickor

Våltog dem som deras profet, som visade vägen

Fredlig samexistens är den enda lösningen som vissa araber inte accepterar

När man ska rädda liv, när människor gör motstånd, som om mänskligheten drar sig samman.

74. Fredens och mänsklighetens soldater

O din modiga själ, en dag kommer du att vinna

Du är på sanningens och engagemangets väg

Men slavhandlare med okunnighet försöker alltid eliminera

Den här gången ska du inte backa och hålla dig till dina handlingar

Religionen intolerans och våld kan inte upprätthållas

Sanningens krigare kommer att lägga ordning på den här tidshistorien

Ingen kommer att kunna våldta oskyldig minderårig genom att säga det till Guds vilja

Om nödvändigt kärnvapen som ska användas för att döda djävlar

Annars kommer de att växa igen som virus för att skada mänskligheten

Alla rationella människor runt om i världen ber för din seger

Varje demokratisk nation kommer att hjälpa dig att förstöra djävlar, om det behövs.

75. Assamiska språket i Indien

Assamiska är ett språk utvecklat Kristus föddes

Även under det episka Mahabharatas dagar talades det

Det assamiska språket är väldigt sött som Assams skönhet

Språket är också väldigt mångsidigt med mångfald

Att göra det synligt på världsnivå är varje assames plikt

Att namnge som ett av Indiens klassiska språk räcker inte

Att sätta assamisk litteratur i världsforum är fortfarande svårt

Vägen till Booker och Nobelpriset är inte lätt, men svår

Översättning är ett måste för läsare utanför Indien

Numera är det lätt att sprida litteratur via sociala medier

De intelligenta barnen måste komma för att studera på modersmål

Sedan bara inom Assam kommer assamiska att spridas som folks språk

Att bara sätta en stämpel av regeringen kommer inte att tjäna något syfte

Om den nya generationen med kreativitet, ny litteratur inte komponera.

76. Fira idag, jobba imorgon

Fira idag för erkännandet vi fick

Men det ska inte sluta med bara firande

Nu är det plikt för alla som bor i Assam att upprätthålla det

För global exponering måste vi göra det assamiska språket lämpligt

Utan efterarbete blir firandet tillfälligt

Firandet kommer att finnas kvar som media och tidningshistoria

Den fart som skapas av firandet borde skapa ny berättelse

Att hålla tal av politiker kommer att dö ner som ringar

Varje författare måste arbeta hårt innan farten förlamas

Enpunktsagendan borde vara att skapa ny modern litteratur

Endast med böcker i alla format kan det assamiska språkets framtid skyddas.

77.W=mg är inte olika för olika religioner

Gravitationskrafterna är enhetliga över hela världen

Relativitetsteorin utvecklas över hela världen på samma sätt

Elektriciteten är densamma i Israel, Gaza, Libanon, Indien och Pakistan

Vetenskapen har enhetliga lagar över hela världen utan diskriminering

Men religioner är diskriminerande och partiska baserade på tro

Kämpar för himlen och Gud utan några enhetliga regler eller lagar

Att döda oskyldiga rättfärdigas också av så kallade religiösa gurus

De har inget vetenskapligt tänkande för en bättre morgondag

Krig kan aldrig vara heligt eftersom det innebär dödande av människor

Ändå blev folk dåraktiga, eftersom de visste att dödande är synd enligt deras egen religion

Så för fred kommer det inte att finnas någon lösning inom den religiösa svarta lådan

De falska berättelserna om medeltiden bland araber behöver spädas ut.

78. Han (Jesus) visade ljuset i mörkret

Från djungelns mörker härskar i arabiska öknar

Vägen till kärlek, mänsklighet och tio bud Jesus startar

De okunniga människorna korsfäste honom utan att förstå honom

Men han bad om deras nåd och skydd för deras anhöriga

Hans läror är fortfarande det vänliga ljuset som visar vägen till mänskligheten

Vissa människor försökte flytta på annat sätt och försökte hitta en bättre väg

En smart utropade sig själv som den siste profeten för att lura människor

I ett ständigt föränderligt universum är status quo i alla frågor inte enkelt

Det är omöjligt att fördöma Jesus och hans idéer, någon att förlama

Så länge vi förblir toleranta och älskar alla, kommer världen att övervinna alla problem.

79. Gaza och Ukraina i spillror

Gud är en stum, döv, blind och hjälplös varelse

Men även utan Gud har mänskligheten ingen bättre framtid

Gud misslyckades med att stoppa judarnas förintelse sedan urminnes tider

För att stoppa dödandet av oskyldiga blev Gud för politisk

Eftersom han är stum, döv och blind, för fred kan han inte bli instrumental

Gud försökte aldrig skydda sina moskéer, kyrkor eller tempel

Hans fysiska handikappade tillstånd är anledningen enkel

Och för att tillfredsställa fysiskt handikappade skapar människor problem

Även de starkaste hängivna uppträder aldrig ödmjukt i Guds namn

Gud gick från eld till smartphone, men Gaza och Ukraina blev spillror.

80. Halal eller icke-halal, smaken är densamma

Lammet slaktades för kött av ett djur vid namn man

Efter döden har lammet ingen betydelse hur han dödades

I Guds namn som halal eller utan att offra till Gud

Smaken av kött förblir densamma med halal eller icke-halal

Gud har ingen roll att döda lammet eller rädda hans oskyldiga barn

Människan tror att Gud kommer att vara lycklig, det är dumt och vild

Bra att icke-ortodoxa människor inte stör processen

Men vissa vidskepliga människor är fortfarande okunniga och omedvetna

Rationalitet och logik måste komma in i religionen för reformer och modernisering

Om inga reformer görs av intelligenta bland ortodoxa, njut av förstörelse

81. Religioner behöver tidiga reformer

En gång offrade de människor för att tillfredsställa Gud och för hans nåd

Britterna stiftade lagar som förbjöd människooffer i Guds namn

Men djuroffer fortsätter fortfarande i tempel och helgedomar

Vissa gudinnor med djurblod föredrar också att ha vin

Systemet med att döda änkor i brand övergavs också

Ändå finns det vissa begränsningar i matvanorna

De insåg för länge sedan med britterna att förändringar är nödvändiga

Det är därför accepterad religiös uppdelning av landet

Det ortodoxa folket har nu ingen mat och pengar att betala tillbaka lånet

Det ortodoxa religiösa landet kan kollapsa mycket snart

I civilisationens utveckling är det bara de som antar förändringar som överlever

De ortodoxa borde ändra attityd och bli aktiva

Krig i religionens namn har ingen plats i detta årtusende

För reformer och utbildning bör religiösa människor bilda kollegium.

82. Vem är ansvarig för freden?

Ett så komplext ekosystem i det mänskliga samhället

Sedan urminnes tider är konflikt och krig dagens ordning

Hur fredlig samexistens blir där kan ingen säga

En liten gnista räcker för att starta en tvist som dödar tusentals

Och ett världskrig kan lätt döda miljoner utan någon anledning

Vem är ansvarig för freden, Ryssland, Amerika eller Isreal

Eller de religiösa huvuden som kontrollerar så kallade fredliga religioner

Gemene man har ingenstans att ta vägen, förutom bunkrarna för att rädda liv

Förenta nationen är nu bara en papperstiger utan liv

Vanliga män är galna för religion och nationens territorium

I en avlägsen framtid finns det också hopp om fred och konfliktlösning

Kanske kommer framtida generationer att ta konflikt som en del av livet

Med föroreningar och naturens raseri måste de överleva.

83. Jaga inte lycka

Jaga inte fjärilen för att fånga den och njuta av dess skönhet

Sitt tyst ibland i trädgården och njut av dem fritt

Plötsligt kommer en av dem och vilar på din axel

Om du försöker fånga och hålla i den kommer den att flyga iväg inom ett ögonblick

Så det är bäst att njuta av skönheten i att fjärilen är tyst

Lycka är liknande, du kan inte fånga om du springer efter den

Om du gör en liten aktivitet och njuter av det, kommer lyckan att klicka

Att njuta av en film kan göra dig lyckligare än att köpa något

Ta reda på dina hobbyer och tycke, du njuter verkligen

Lycka är aldrig en rak linje utan upp- och nedgångar

Utan sorgliga och svåra stunder kommer lyckan inte att finnas

Det finns inget perfekt lyckoindex som är tillämpligt på alla

Ditt eget tänkesätt och attityd kan bara ge dig glada samtal.

84.Flickvän

Hur vacker hon är kan man bara känna

Det går inte att förklara skönheten i hennes blå ögon

Hennes doft kan ingen uppskatta utom du

Hon är mjuk som vårens septemberdagg

I hela världen är hon bäst bland få

Men plötsligt inom en dag förändras allt

För relationer med andra klarar hon också av

Existensen av en tredje person med din vän oacceptabel

Triangeln av trio blir flyktig och instabil

Den viktigaste personen i livet blir outhärdlig.

85. Kärlek

Kärlek är ibland fjäril och ibland gråter

Relationen är ibland blöt och ibland torr

In Love kommer soliga dagar och regniga dagar för ofta

Men relationer, ett litet bråk kan sätta i kläm

Människor kommer och människor går från livet som dag och natt

Liksom fullmåne förblir sann kärlek i livet alltid ljus

När kärleken flyger högt på himlen som en vacker drake

Håll ditt snöre stadigt, skickligt och mycket hårt

Ett litet misstag kan rycka snöret

Och den kommer att flyga sin egen bli oemotståndlig krigarkung.

86.Jag är orolig, är du?

Inte bara klimatet och miljön förändras

Människans sinnen och tankesätt har tagit vändning

Förändras vi på gott och ont?

Handlar framstegen om utveckling eller att förstöra naturen?

Varför konflikten för mänskliga gränser och förstörelse?

Är det nödvändigt, all avskogning och byggande?

Men jag är förvirrad och kan inte hitta någon praktisk lösning

Det dubbla svärdet för befolkningstillväxt och utveckling

Skär moder jord och naturen att blöda kontinuerligt

Öknarna ser oöverträffade regn och översvämningar

Regnskogarnas djungler och djurens livsmiljöer som blir torra

Människodjurskonflikten vars skapelse, alla vet

Ändå har vi inga sätt och medel, attityd för att rädda naturen

Jag är orolig för vad som kommer att hända när temperaturen stiger i framtiden

De stigande haven och förödande nederbörd kommer att förändra människors liv och kultur.

Författare författaren

Devajit Bhuyan

DEVAJIT BHUYAN, en elektroingenjör till yrket och poet, författare från hjärtat, är skicklig på att komponera poesi och prosa på engelska och sitt modersmål assamiska. Under de senaste 26 åren har han skrivit mer än 74 böcker utgivna av olika förlag på över 45 språk. Hans totala publicerade böcker på alla språk räknas till 207 och växer för varje år. Devajit Bhuyans barnböcker och serier är mycket populära bland barn och vuxna.

För att veta mer om honom besök *www.devajitbhuyan.com* eller se hans YouTube-kanal *@careergurudevajitbhuyan2024.*